Rüsselküsse aus Russland

Поцелуй слона из России

Für die Kinder von Torshok

Для детей Торжка

Svetlana fror. In dem klapperigen Kleinbus, der sie und ein paar andere Kinder schon im Morgengrauen abgeholt hatte, war es bitterkalt. Sie kuschelte sich tiefer unter ihre Wolldecke. Mit den Fingern zupfte sie an dem kleinen blauen Elefanten, der in einer Ecke eingewebt war. "Wir besuchen jetzt unseren Freund Busup", flüsterte sie ihm zu, "du weißt schon, den dicken alten Busup aus dem Zoo in Moskau."
Hatte der kleine Elefant ihr zugenickt? Svetlana starrte ihn an, aber er bewegte sich nicht. Da sah sie wieder aus dem Fenster hinaus. Draußen lag Schnee. "Wie ein riesiges Feld aus Schlagsahne", dachte Svetlana, "ob es wohl irgendwo auf der Welt so viel Schlagsahne gibt?" Und sie merkte, wie ihr Magen knurrte. Wie so oft hatte es heute morgen nur eine Schüssel Hirsebrei und Brot gegeben.

Светлане было холодно. В маленьком трясущемся автобусе, который рано утром заехал за детьми, было очень холодно. Она ещё глубже залезла под шерстяное одеяло, теребя пальцами маленького голубого слона, вышитого на одеяле. "Мы едем в гости к нашему другу Бусупу. – прошептала она ему. – Ты же знаешь старого толстого Бусупа из московского зоопарка."
Кивнул ли ей маленький слон? Светлана посмотрела на него, но он не шевельнулся. Тогда она снова выглянула из окна. Всё было покрыто снегом. "Удивительно, как будто вылили на поле сливки. Если где–то в мире ещё так много взбитых сливок?" Она заметила, как заурчало в желудке. Сегодня на завтрак снова дали пшённую кашу и хлеб.

Svetlana lebte in einem Waisenheim in Torshok, einer kleinen russischen Stadt. Das Geld war knapp, aber es reichte für das nötigste. Regelmäßig kamen große Freunde aus Deutschland, die zwar kaum ein Wort Russisch sprachen, aber immer freundlich lächelten und Geschenke mitbrachten. Das letzte Mal hatte es sogar einen großen Schulbus für die Kinder gegeben! Svetlana war froh über diese Hilfe, denn sie wusste von vielen Waisen, denen es deutlich schlechter ging als ihr.

Mehr als teures Spielzeug und neue Kleider vermisste sie jedoch ihre Eltern. Jeden Morgen wachte sie mit anderen Mädchen in einem großen Schlafsaal auf. Und trotzdem fühlte sie sich jeden Morgen aufs neue allein.

Svetlana schloss die Augen. Über dem gleichmäßigen Knattern des Busses schlief sie ein.

Светлана жила в Детском доме в Торжке, маленьком русском городе. Денег было мало, но их хватало на самое необходимое. Регулярно приезжали друзья из Германии, которые хотя и не говорили ни одного слова по-русски, но всегда приветливо улыбались и привозили с собой подарки. В последний приезд им подарили даже большой автобус! Светлана была рада всему этому, так как она знала, что многим детям в других детских домах приходится намного хуже чем ей. Но больше всего ей не хватало ни дорогих игрушек и ни новых платьев, а её родителей. Каждое утро, просыпаясь с другими девочками в большой спальне, она чувствовала себя всё же очень одиноко.

Светлана закрыла глаза. Под равномерное постукивание колёс автобуса она заснула.

Drei Stunden später stand sie vor dem Elefantengehege im Moskauer Zoo. Gleich würde sie Busup treffen! Aus lauter Vorfreude hüpfte sie von einem Bein auf das andere. Busup war der älteste Elefant im Zoo und sehr schlau, da war sich Svetlana sicher. Ihm konnte sie immer von ihren Sorgen erzählen! Busup wackelte dabei mit seinen großen Ohren, und in seinen eigentümlichen blauen Augen sah sie, dass er alles verstand. Heute trompetete er zur Begrüßung freudig in die Luft. Svetlanas rote Mütze wurde dabei auf den Boden geweht. "Oh, entschuldige", sagte Busup. "Gar nicht schlimm", antwortete Svetlana. Und dann stutzte sie. "Warum verstehe ich, was du sagst?", flüsterte sie.

"Weil ich blauen Sternenstaub in dein Haar gepustet habe", sagte Busup und seine blauen Augen schienen zu lächeln. "Sternenstaub?", wiederholte Svetlana verwirrt. Sie setzte sich auf eine kleine Holzbank, weil sie plötzlich sehr aufgeregt war und nachdenken musste.

Через три часа они прибыли в московский зоопарк и пошли к слонам. Скоро она увидит Бусупа! Предвкушая радость от встречи с ним, она подпрыгивала на одной ноге. Бусуп был самым старым слоном в зоопарке и очень умным.

Светлана была полностью в этом убеждена. Она всегда могла поделиться с ним всеми своими заботами. Слушая Светлану, Бусуп шевелил своими большими ушами, а заглянув в его голубые глаза, она знала, что он всё понял.

Сегодня, увидив её, он протрубил своё приветствие. Красная шапка Светланы слетела с её головы и упала на землю. "Ой, извини!" – сказал Бусуп. "Ничего страшного!" – ответила Светлана. И вдруг она насторожилась.

"А ведь я поняла, что ты сказал мне! Странно!" – прошептала она.
"Ничего странного в этом нет. Я подул на твои волосы голубую звёздную пыль." – сказал Бусуп и в его глазах промелькнула улыбка.
"Звёздная пыль?" – повторила Светлана растерянно. Светлана разволновалась. Она села на маленькую деревянную скамейку, так как ей надо было подумать.

Busup ließ ihr ein wenig Zeit. Dann sagte er sanft: "Ich musste so oft an dich denken! Immerzu habe ich überlegt, wie ich euch Waisenkindern helfen kann. Und stell dir vor, heute Nacht ist mir etwas eingefallen!" "Sag mir, was!", drängelte Svetlana, die schon so gespannt wie ein Flitzebogen war. Busup pustete ihr mit seinem Rüssel sorgfältig ein paar Schneeflocken von den Schultern. Dann begann er zu erzählen. Vor langer, langer Zeit war er von einem Planeten auf die Erde gekommen, auf dem alles kornblumenblau war. Der Planet war bestimmt hundertmillionenmal weiter entfernt als Sibirien. Svetlana konnte sich das kaum vorstellen. "Meine Freunde, die dort leben, haben außergewöhnliche Zauberkräfte", schloss der alte Elefant, "und deshalb werde ich mich noch heute Nacht mit ihnen in Verbindung setzen."
"Wie willst du sie denn erreichen?", fragte Svetlana neugierig. "Sagen wir mal, ich mache das mit meinen Antennenohren", sagte Busup, und seine blauen Augen funkelten, "aber der Rest ist Elefantengeheimnis."
Zum Abschied drückte er ihr mit seinem Rüssel vorsichtig einen warmen Kuss auf den Scheitel. "Rüsselküsse bringen Glück, Svetlana!", hörte sie noch, während sie mit den anderen Kindern zum Ausgang ging. Da war Svetlana so zuversichtlich wie noch nie zuvor.

Бусуп на какое–то время оставил её в покое, а затем нежно обратился к ней: "Я так часто думаю о тебе, о детях Детского дома. Как бы мне хотелось помочь вам. И знаешь, сегодня ночью мне в голову пришла одна идея." "Какая, скажи мне!" – настаивала Светлана, умирая от любопытства. Бусуп хоботом осторожно сдул с её плеч снежинки. А затем он начал свой рассказ. Давным–давно он спустился на землю с одной планеты, на которой всё вокруг было васильковwhen цвета. Эта планета была удалена в сто миллионов раз дальше чем Сибирь. Светлане трудно было всё это себе представить. "Мои друзья, оставшиеся на этой планете, обладают невероятными волшебными силами. И сегодня ночью я хочу выйти с ними на связь." Этими словами старый слон закончил свой рассказ. "А как ты собираешься это сделать?" – спросила Светлана с большим лыбопытством. "Ну скажем так, я использую для этого свои большие уши– локаторы. – сказал Бусуп и его голубые глаза заискрились. – Больше я ничего не могу сказать тебе, всё остальное большая слоновая тайна." На прощанье он осторожно положил свой хобот на её макушку и нежно поцеловал её. "Поцелуй слона приносит счастье, Светлана!" – услышала она в догонку, когда она с другими детьми шла уже к выходу. В этом Светлана была полностью убеждена.

Die Nacht war schwarz und eisig kalt. Auf einer knorrigen Eiche im Zoo saßen zwei frierende Raben und wunderten sich. Im fahlen Licht der Sterne sahen sie nämlich seltsame Dinge. Anstatt zu schlafen, stand der alte Elefant auf dem großen Felsen und spreizte seine Ohren ganz weit ab. "Der will wohl fliegen lernen wie wir", kicherte der kleinere Rabe, der ein wenig vorlaut war, "und sieh mal, was er jetzt macht!" Gerade streckte Busup seinen Rüssel steil in die Höhe und schwenkte ihn suchend durch die Luft. Dabei hörte der kleine Rabe ein so komisches Quietschen, dass ihm das Kichern im Halse stecken blieb. Dem Quietschen folgte ein Surren, und dann ein Piepsen. "Was macht er denn da?", fragte der kleine Rabe. "Er funkt", sagte der Große, der immer alles wusste, "das sieht man doch!"
Das Piepsen war inzwischen in ein knarziges Rauschen übergegangen.
Der kleine Rabe war sehr beeindruckt.
Unten auf dem Felsen hatte Busup nun endlich seine richtige Position gefunden. Befriedigt schloss er die Augen und richtete sich auf eine lange Nacht ein.

Наступила ночь, было темно и холодно. На ветке старого дуба в зоопарке сидели две дрожащие от холода вороны. Они удивленно наблюдали за странными вещами, происходившими внизу. В падающем свете звёзд они увидели старого слона. Вместо того чтобы спать, он взобрался на большую скалу и широко раздвинул свои большие уши. "Он хочет научиться летать, как мы. – захихикал дерзкий воронёнок. – Смотри– смотри, что он делает!" В этот самый момент Бусуп поднял свой хобот вверх, натянув его как стрелу лука и помахивая им из стороны в сторону. Создавалось впечатление, что он что–то искал там, наверху. При этом воронёнок услышал странный придавленный звук. Он был настолько необычным, что его хиханье застряло у него в горле. За этим придавленным звуком последовало жужжание, а затем писк. "Что он делает?" – удивленно спросил воронёнок. "Он выходит на связь, – сказал старший ворон, который всегда всё знал. – Ты что, не видишь!"
Между тем писк перешёл в скрип.
Воронёнок от всего этого был в восторге.
Наконец Бусуп нашёл свою правильную позицию на скале. Довольный он закрыл глаза. Было видно, что он приготовился провести здесь всю ночь.

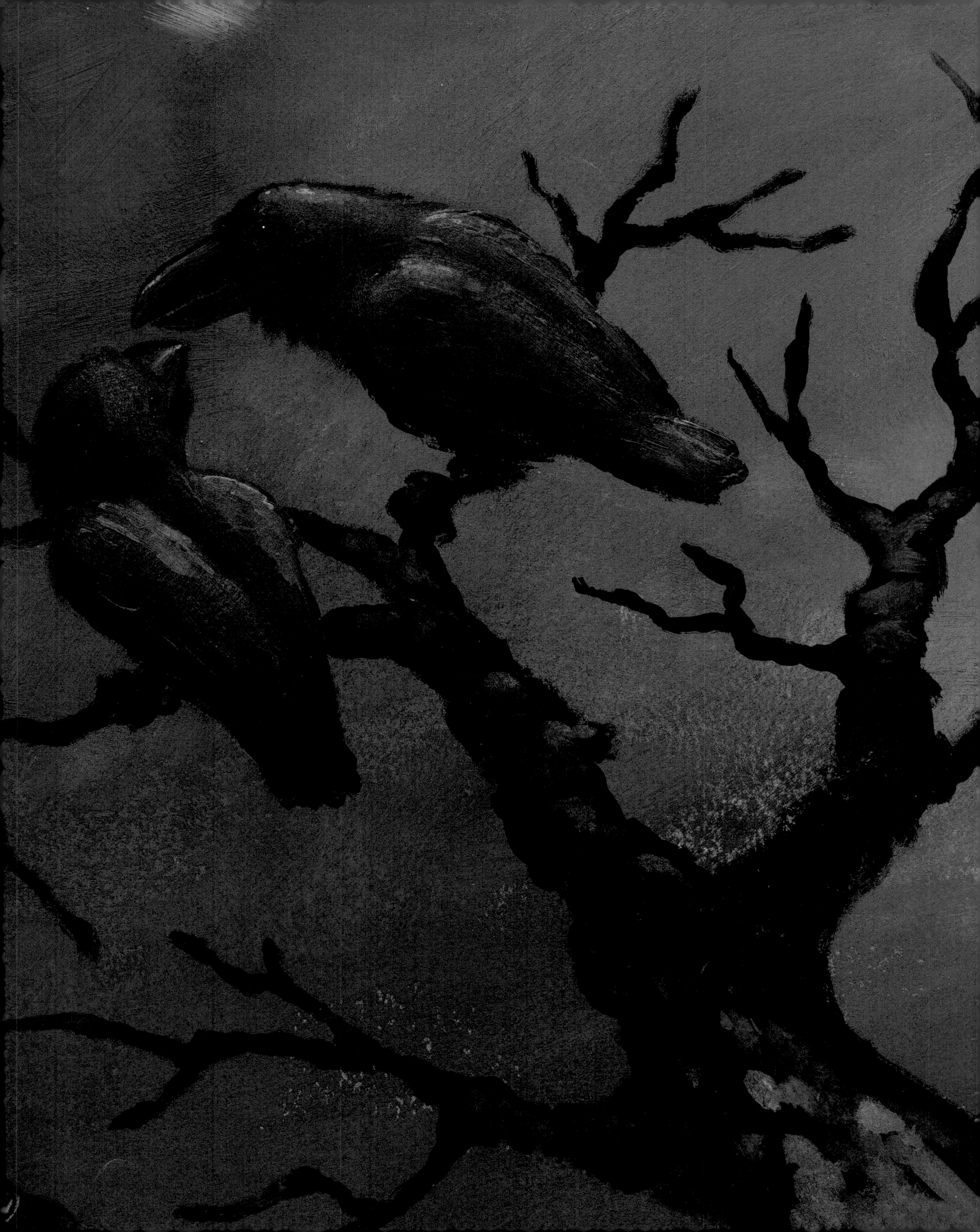

Mitten in die Sitzung des großen Sternenrats schoss Stachelig, der kleine kornblumenblaue Funker. Seine Antennen standen vor Aufregung in alle Himmelsrichtungen ab und zitterten leise. "huiip-funkspruch-chrchh-moskau-füüt", fiepte er.
Rundumrund, der dickliche Sekretär, zog ihm behutsam einen kleinen milchigen Kristallwürfel aus der Hauptantenne und überreichte ihn Himmelsluftblau, seiner Königin. Diese winkte rasch eine Sternschnuppe heran und schob den Würfel in den Sternenprojektor. In Windeseile formierte sich die Sternschnuppe zu großen Lettern.

"FREUNDIN IN NOT. BITTE HELFEN. TORSHOK - KINDERHEIM - SVETLANA. OVER, BUSUP", lasen sie.
Einen Moment war es still. Dann erklang die flirrende Stimme von Himmelsluftblau. "Der große Sternenrat freut sich, unserem Gefährten Busup auf dem schönen Planeten zu helfen. Wer von euch ist bereit?"

Шло заседание Большого Звёздного Совета. Вдруг в самый разгар работы Совета влетела Колючка, маленькая радистка василькового цвета. Её антенны от волнения были направлены во все стороны света и слегка дрожали. Колючку сильно лихорадило: "Радиограмма–хрх–москва–фьюф." Полноватый секретарь с большой осторожностью вынул из центральной антенны маленький кристаллический кубик молочного цвета и передал его своей королеве. Королева срочно позвала к себе метеориты и вложила кубик в звёздный проектор. Со скоростью ветра метеориты превращались в большие буквы.

"ПОДРУГА В БЕДЕ. ПОЖАЛУЙСТА, ПОМОГИТЕ. ТОРЖОК – ДЕТСКИЙ ДОМ – СВЕТЛАНА, ОБЕР, БУСУП." – прочитали они. Наступила тишина. Через несколько минут раздался дрожащий голос Небесноголубого. "Большой Звёздный Совет будет рад помочь своему другу Бусупу, живущему на прекрасной планете . Кто хочет помочь?"

Ein sehr flaches und sehr breites Sternenwesen glitt aus der Menge hervor. Seine Antennen waren auf Hochglanz poliert und seine vielen Lämpchen blinkten freundlich. "Horizontal", flirrte Himmelsluftblau, "ich freue mich, dass du es bist. Ich weiß, ich kann mich auf dich verlassen." "Auf mich auch!", drang eine Stimme von ganz hinten. Und schon drängelte sich hastig ein sehr langes, sehr dünnes Wesen vor. "In Ordnung", hallte Himmelsluftblaus Antwort durch die Luft, "Horizontal und Vertikal, macht euch fertig für eueren Einsatz auf der Erde!" Und so geschah es. Schnell war die Galaxienrutsche bereitgestellt, die die beiden durchs All bringen würde. Horizontal nahm gelassen auf ihr Platz. Die lange dünne Vertikal war dagegen alles andere als ruhig. Ihr normalerweise sattes Kornblumenblau erglühte in diesem Augenblick vor Aufregung in einem tiefen Violett. Noch ein herzliches 'Auf Wiedersehen', dann schoss die Galaxienrutsche hinaus in den Himmel.

Очень плоское и очень широкое звёздное существо вылезло из толпы. Его антенны были отполированы и его многочисленные лампочки приветливо светились. "Горизонталь, я очень рад, что ты берёшься за это дело. Я знаю, что на тебя всегда можно положиться." – провибрировал Небесноголубой. "И на меня!" – раздался голос сзади. И все увидели, как вперед быстро протискивалось очень длинное и очень тонкое существо. "Хорошо! – прогремел ответ Небесноголубого. – Горизонталь и Вертикаль, собирайтесь на выполнение своего задания на земле!"

И работа закипела. Быстро была доставлена галактическая карета, на которой оба должны были пересечь вселенную. Горизонталь с невозмутимым спокойствием занял своё место в карете. Вертикаль, напротив, была очень взволнована. Её васильковый цвет в этот момент от волнения превратился в тёмно–сиреневый цвет.
Сердечное прощание, и карета стремительно умчалась во вселенную.

"Huuuuuuiiii", quietschte Vertikal, während sie mit Vollgas durchs All sausten, "wie das kitzelt!!!"
Als Horizontal das Tempo drosselte, klopfte sie sich vergnügt die vielen kleinen Sternenkrümel ab, die sie im Fluge so lustig gepiesackt hatten. "Sind wir bald da?"
"Fast", antwortete Horizontal, "siehst du die Lichter dort?"
Vertikal folgte seinem Blick - und staunte. Ein warmes, strahlendes Leuchten sah sie da, entstanden aus Abermillionen von kleinen Lichtern. "Das ist das Ruhrgebiet", erklärte ihr Horizontal, "weil hier so viele Erdlinge leben, ist es auch ganz besonders hell.
Und da vorne ist auch schon Moskau!"
Dann sah er auf seine Instrumente und lächelte zufrieden: "Wenn ich Busup richtig verstanden habe, müssen wir jetzt nur noch ein bisschen nach rechts abbiegen, und dann sind wir da."

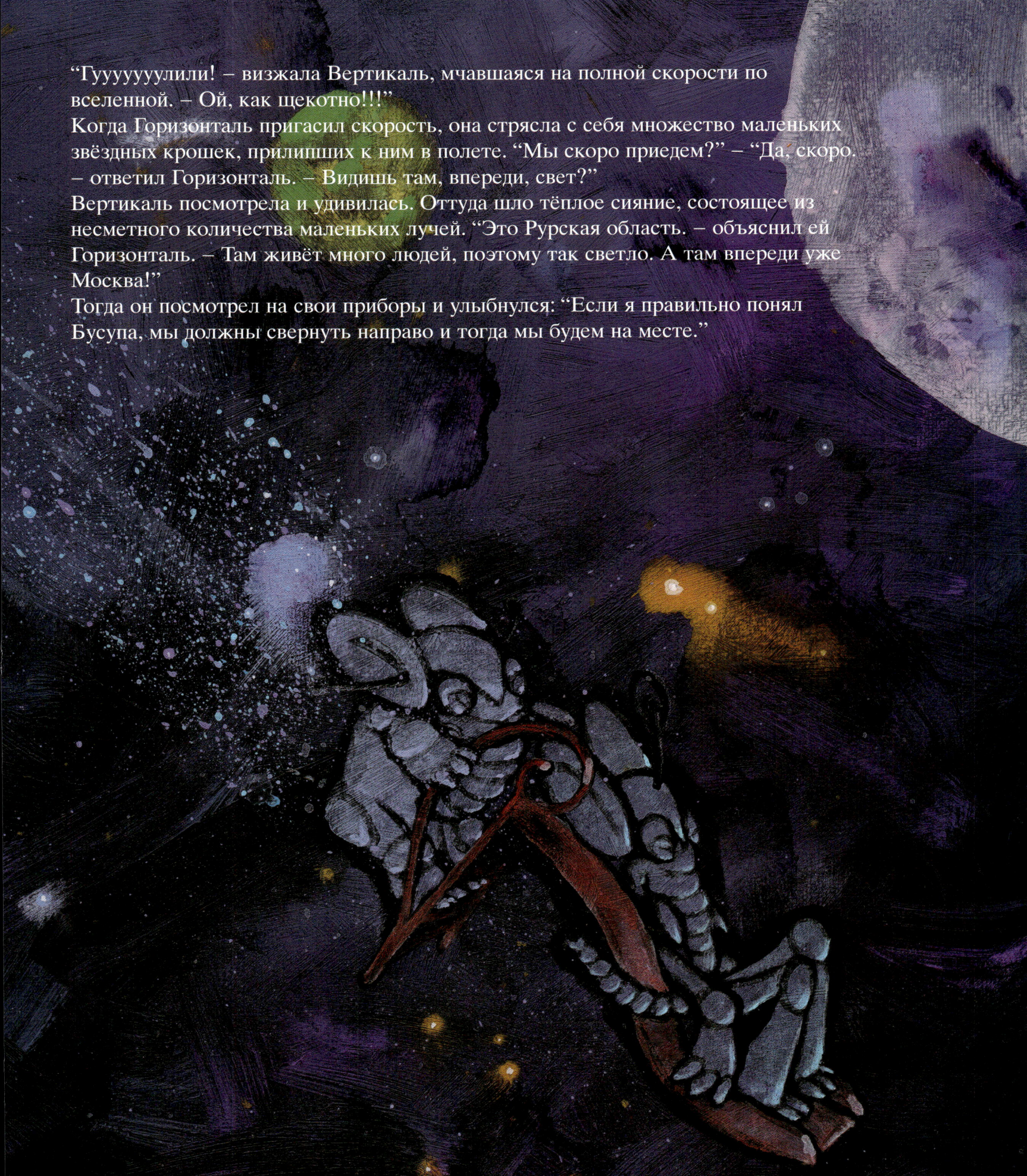

"Гуууууулили! – визжала Вертикаль, мчавшаяся на полной скорости по вселенной. – Ой, как щекотно!!!"
Когда Горизонталь пригасил скорость, она стрясла с себя множество маленьких звёздных крошек, прилипших к ним в полете. "Мы скоро приедем?" – "Да, скоро. – ответил Горизонталь. – Видишь там, впереди, свет?"
Вертикаль посмотрела и удивилась. Оттуда шло тёплое сияние, состоящее из несметного количества маленьких лучей. "Это Рурская область. – объяснил ей Горизонталь. – Там живёт много людей, поэтому так светло. А там впереди уже Москва!"
Тогда он посмотрел на свои приборы и улыбнулся: "Если я правильно понял Бусупа, мы должны свернуть направо и тогда мы будем на месте."

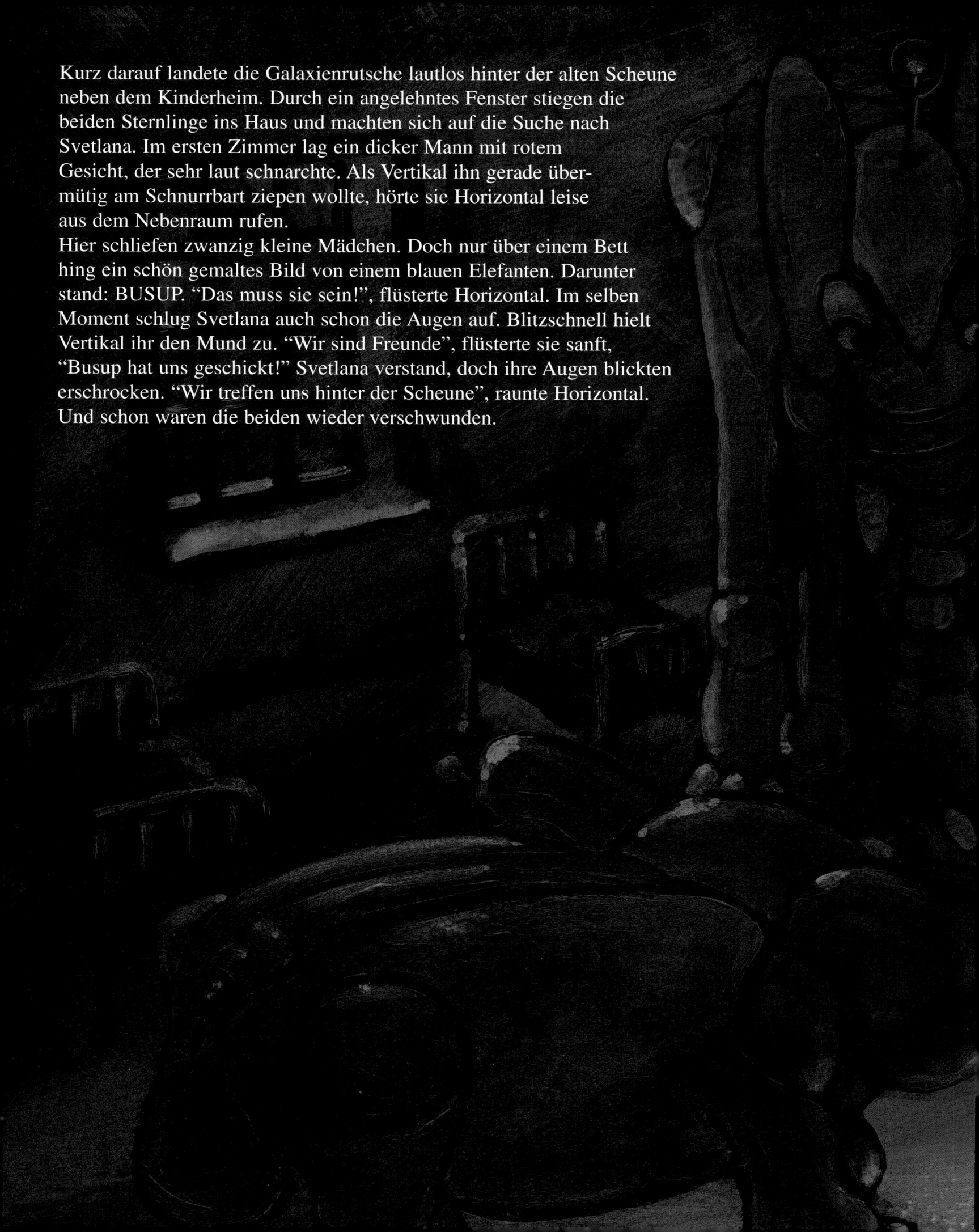

Kurz darauf landete die Galaxienrutsche lautlos hinter der alten Scheune
neben dem Kinderheim. Durch ein angelehntes Fenster stiegen die
beiden Sternlinge ins Haus und machten sich auf die Suche nach
Svetlana. Im ersten Zimmer lag ein dicker Mann mit rotem
Gesicht, der sehr laut schnarchte. Als Vertikal ihn gerade über-
mütig am Schnurrbart ziepen wollte, hörte sie Horizontal leise
aus dem Nebenraum rufen.
Hier schliefen zwanzig kleine Mädchen. Doch nur über einem Bett
hing ein schön gemaltes Bild von einem blauen Elefanten. Darunter
stand: BUSUP. "Das muss sie sein!", flüsterte Horizontal. Im selben
Moment schlug Svetlana auch schon die Augen auf. Blitzschnell hielt
Vertikal ihr den Mund zu. "Wir sind Freunde", flüsterte sie sanft,
"Busup hat uns geschickt!" Svetlana verstand, doch ihre Augen blickten
erschrocken. "Wir treffen uns hinter der Scheune", raunte Horizontal.
Und schon waren die beiden wieder verschwunden.

Вскоре галактическая карета бесшумно приземлилась за старым сараем рядом с Детским домом. Через чуть прикрытое окно оба небесные существа проникли в дом и начали искать Светлану. В первой комнате они натолкнулись на толстого мужчину с красным лицом, который очень громко храпел. Вертикаль захотела подшутить над ним и подёргать его за бороду. Но в этот момент она услышала Горизонталя, зовущего её из соседней комнаты. Здесь спали двадцать маленьких девочек. И лишь над одной кроватью висела картинка с изображением голубого слона. На картинке была надпись: БУСУП. "Наверное, это она!" – прошептал Горизонталь. В этот самый момент Светлана открыла глаза. Мгновенно Вертикаль закрыла ей рот. "Мы твои друзья. – прошептала она приветливо. – К тебе нас послал Бусуп!" Светлана всё поняла, но её глаза выдавали ещё страх. "Мы встретимся за сараем." – шепнул Горизонталь. И оба тотчас исчезли.

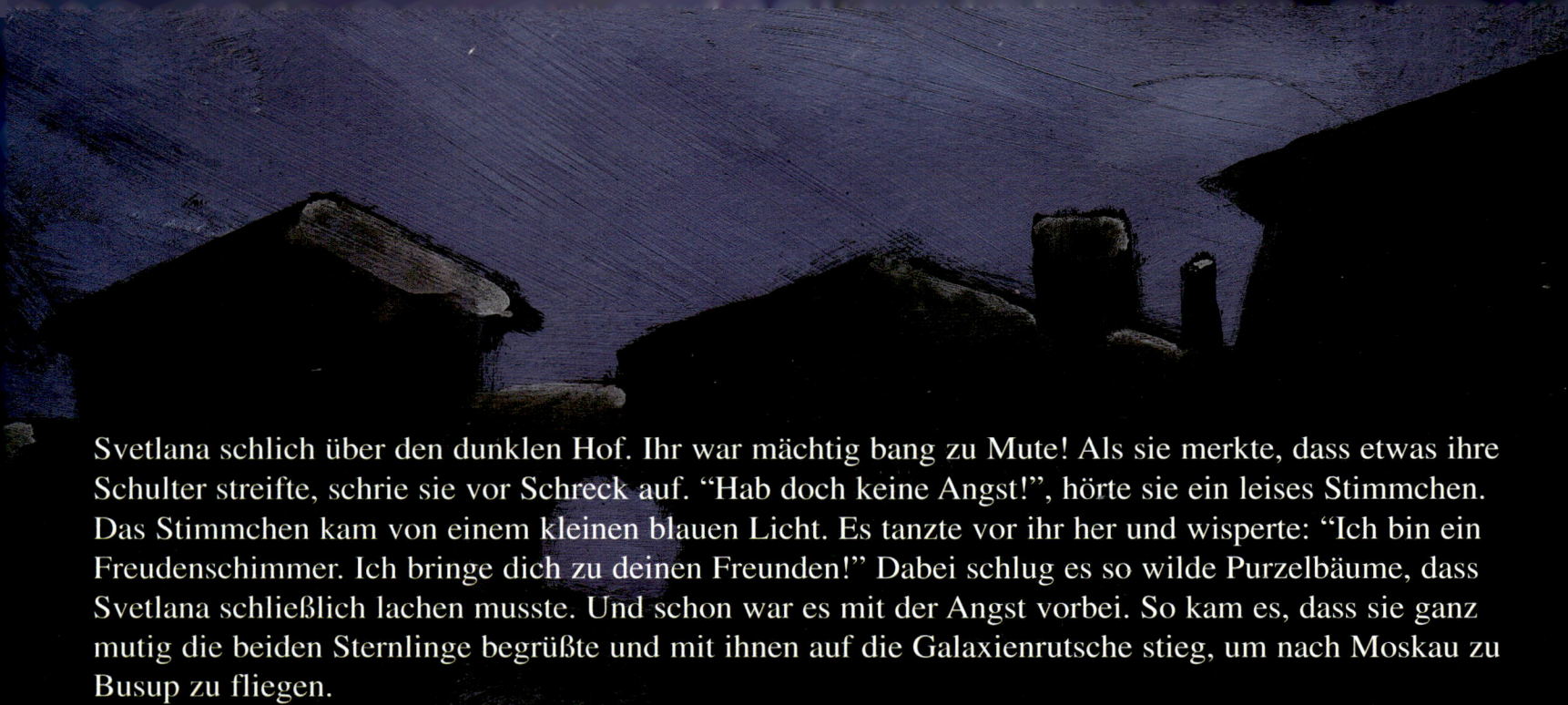

Svetlana schlich über den dunklen Hof. Ihr war mächtig bang zu Mute! Als sie merkte, dass etwas ihre Schulter streifte, schrie sie vor Schreck auf. "Hab doch keine Angst!", hörte sie ein leises Stimmchen. Das Stimmchen kam von einem kleinen blauen Licht. Es tanzte vor ihr her und wisperte: "Ich bin ein Freudenschimmer. Ich bringe dich zu deinen Freunden!" Dabei schlug es so wilde Purzelbäume, dass Svetlana schließlich lachen musste. Und schon war es mit der Angst vorbei. So kam es, dass sie ganz mutig die beiden Sternlinge begrüßte und mit ihnen auf die Galaxienrutsche stieg, um nach Moskau zu Busup zu fliegen.

Unterwegs erzählte sie von den Waisenkindern in Russland. Wie arm viele von ihnen waren. Und vor allem: Wie sie sich nach einer richtigen Familie sehnten!

Als sie geendet hatte, zitterten Vertikals Antennen bedenklich. Sie drückte Svetlana ganz fest an sich. Horizontal aber blinkerte aufmunternd mit seinen Lämpchen und sagte bestimmt: "Jetzt wird sich einiges ändern!" Da lächelte Svetlana ihn zufrieden an. Sie glaubte ihm.

Светлана прокралась через тёмный двор. Ей было ужасно страшно! Вдруг кто-то осторожно дотронулся до её плеча. От страха она вскрикнула. "Не бойся!" – услышала она тихий голосок. Этот голосок исходил из маленького голубого света. Он пританцовывал перед ней и тихо приговаривал: "Я свет радости. Я отведу тебя к твоим друзьям!" При этом он так смешно кувыркался, что Светлана засмеялась. Тут же исчез и страх. Она мужественно поздоровалась с обоими небесными существами и села к ним в галактическую карету, для того чтобы полететь к Бусупу в Москву.

По дороге она рассказала о сиротах в России и как многие из них бедно живут.

Но самое главное: Как она тоскует по настоящей семье! Когда она закончила свой рассказ, то увидела, как задрожали антенны Вертикаля. Она сильно прижала к себе Светлану. А Горизонталь бодро замигал своими лампочками и уверенно сказал: "Теперь всё будет по-другому!" Светлана довольно заулыбалась. Она верила ему.

Im kalten Morgengrauen des Moskauer Zoos fand ein herzliches Treffen statt.
Dann setzten sich die neuen Freunde zusammen, um einen Plan zu schmieden. Busup hatte auch schon eine Idee. "Wir machen eine Pressekonferenz", trompetete er. "Was ist eine Pressekonferenz?", fragte Vertikal. "Das machen Erdlinge, wenn sie etwas bekannt geben wollen", antwortete ihr Horizontal, "da kommen dann viele von ihnen zusammen und fotografieren sich und erzählen was, und das kann man dann in der Zeitung lesen."
Alle waren sich einig, dass das eine gute Idee war.
Svetlana opferte ihre rote Decke mit dem kleinen Elefanten. Darauf schrieb sie in großen Buchstaben: PRESSEKONFERENZ. "Was malst du denn da?", fragte Vertikal neugierig. "Ich male nicht, ich schreibe.", antwortete Svetlana. "Aber die Schrift, die ich kenne, sieht ganz anders aus!", sagte Vertikal verwirrt. "Das kommt daher, weil du lateinisch schreibst und Svetlana kyrillisch", mischte sich Busup ein. Da beschlossen Svetlana und Vertikal, dass sie sich gegenseitig ihre Schrift lehren würden.

Было холодно. На рассвете в московском зоопарке встретились добрые друзья. Сердечно поприветствовав друг друга, они начали составлять план. У Бусупа была уже идея. "Мы организуем пресс-конференцию." – протрубил он. "Что за пресс-конференция?" – спросила Вертикаль. "Так делают земляне, если они собираются огласить что-либо. – ответил ей Горизонталь. – На неё собирается много людей. Их фотографируют, они что-то рассказывают, а потом можно будет прочитать об этом в газете."
Все согласились с тем, что это потрясающая идея.
Светлана пожертвовала для этого своё красное одеяло с вышитым маленьким слоном на нём. На нём она написала большими буквами: ПРЕСС-КОНФЕРЕН-ЦИЯ. "Что ты нарисовала?" – поинтересовалась Вертикаль. "Я не рисую, я пишу." – ответила Светлана. "Ты не можешь это прочитать, так как ты пишешь латинскими буквами, а Светлана кириллицей." – вмешался в их разговор Бусуп. Светлана и Вертикаль договорились о том, что они научат друг друга писать на языке другого.

Als der Tierpfleger am nächsten Morgen die Elefanten füttern wollte, traute er kaum seinen Augen! Auf dem großen Felsen stand der alte Elefant, und auf seinem Rücken saß ein kleines Mädchen. Rechts und links von ihm schwebten zwei sehr merkwürdige, sehr unterschiedliche und sehr blaue Gestalten, deren Antennen in der aufgehenden Sonne rosig blitzten. Und am Elefantentor hing eine Decke mit der Aufschrift PRESSEKONFERENZ …

Der Pfleger ließ seine Forke fallen und weckte schnellstens den Zoodirektor. Dieser kam noch im Pyjama herangelaufen. Als er sah, was los war, weckte er schnellstens den Polizeichef, und schon kurz darauf gab es ein großes Gedränge vor dem Elefantengehege.

Wie Busup es gesagt hatte, es kamen viele Leute! Auch Journalisten waren dabei, die sich mit ihren Kameras und Mikrophonen ganz nach vorne quetschten. Sie stellten viele Fragen, und Svetlana beantwortete sie alle.

Когда на следующее утро смотритель зоопарка пришёл кормить слонов, то он едва смог поверить своим глазам! На высокой скале стоял старый слон, а на его спине сидела маленькая девочка. Справа и слева от них парили два очень странных существа голубого цвета. Их антенны радужно блестели на солнце. А на воротах вольера для слонов висело одеяло с надписью ПРЕСС–КОНФЕРЕНЦИЯ...

Смотритель зоопарка уронил свои вилы и быстро помчался будить директора зоопарка. Тот прибежал в пижаме. Когда он увидел всё это своими глазами, то он быстро помчался будить начальника милиции. Вскоре перед вольером для слонов собралась большая толпа.

Всё было так, как сказал Бусуп: Собралось много людей! Пришли и журналисты. Они со своими камерами и микрофонами пытались пробраться поближе вперёд. Они спрашивали и спрашивали, а Светлана отвечала им на все их вопросы.

Stellt euch vor, die Idee funktionierte! Die Geschichte von Svetlana und ihren Freunden stand in allen russischen Zeitungen. Der Oberbürgermeister von Moskau, einige Gouverneure und der deutsche Botschafter dachten sich ein Hilfsprogramm für die Kinderheime im ganzen Land aus. Sogar der russische Präsident besuchte am nächsten Tag höchstpersönlich den Zoo und schenkte Svetlana sein Vertrauen. Viele Kinder brachten ihr Spielzeug und selbstgebastelte Geschenke. Der Zoodirektor sammelte alles in seinem Büro und kümmerte sich darum, dass es gerecht verteilt wurde. Nach einer turbulenten Woche verabschiedeten sich Svetlana, Horizontal und Vertikal von Busup und machten sich auf den Weg nach Torshok. Busup winkte ihnen mit seinem Rüssel hinterher und freute sich schon auf das nächste Wiedersehen.

Представь себе, идея сработала! История Светланы и её друзей была напечатана во всех российских газетах. Мэр Москвы, некоторые губернаторы областей и немецкий посол составили программу помощи детским домам по всей стране. Даже Президент России на следующий день лично приехал в зоопарк, чтобы высказать ей своё участие. Приходило много детей, они приносили свои игрушки и подарки, сделанные своими руками. Директор зоопарка складывал подарки в свой кабинет и следил за тем, чтобы всё было справедливо поделено.

Прошла неделя напряжённой работы. Подошло время уезжать. Светлана, Горизонталь и Вертикаль попрощались с Бусупом, а затем отправились в Торжок. Бусуп помахал ей своим хоботом и радостно думал уже о следующей встрече со Светланой.

Als die Galaxienrutsche wieder hinter der alten Scheune landete, war dort mächtig was los! Ganz Torshok war auf den Beinen, um die drei Freunde zu begrüßen. Die verteilten als erstes ihre Geschenke. Für die Kinder gab es blaue Jacken und blaue Mäntel, die Direktorin des Kinderheimes bekam eine blaue Pelzmütze und der Bürgermeister ein Paar blaue Stiefel. Dann wurde ein großes Fest gefeiert. Ludwina, die Küchenfrau, hatte Piroggen gebacken, und Sascha, der Hausmeister, spielte auf seiner Balalaika. Die Erwachsenen tranken viel Kwass. Dabei erzählten sie schöne alte Geschichten, und es

wurde lustig getanzt. Eine der wildesten Tänzerinnen war Vertikal, der vor Anstrengung kleine Blitze um die Antennen tanzten. Horizontal dagegen saß in einem ruhigen Eckchen und erzählte den Kindern vom Leben auf dem kornblumenblauen Planeten. Es wurde eine lange, wunderschöne Nacht, von der alle noch oft sprachen.

Когда галактическая карета снова приземлилась за старым сараем, там такое творилось! Весь Торжок был на ногах, чтобы поприветствовать троих друзей. Сначала они раздали свои подарки. Для детей – куртки и пальто голубого цвета. Директор Детского дома получила меховую шапку голубого цвета, а мэр города – сапоги голубого цвета. А затем был организован большой праздник. Повар Людмила испекла пироги, а Саша, завхоз, сыграл на балалайке.

Взрослые пили квас. При этом они рассказывали интересные истории из прошлого и все весело танцевали. И только Горизонталь сидел в укромном уголке и рассказывал детям о жизни на планете василькового цвета. Эта была прекрасная длинная ночь, о которой все до сих пор вспоминают.

Nun brach eine gute Zeit für die Waisenkinder in Russland an. Der Hunger und die Not hatten ein Ende. Aber noch etwas anderes hatte sich verändert: Sie fühlten sich nicht mehr allein.
Horizontal und Vertikal besuchten alle Kinderheime des Landes. Sie erzählten Geschichten und verteilten Geschenke, und durch einen seltsamen Zauber wurde allen Menschen, die sie trafen, ganz warm ums Herz. Einmal in der Woche reisten sie mit Svetlana nach Moskau zu Busup. Dort berichtete Svetlana den Zoobesuchern und den Journalisten von den Fortschritten ihrer Aktion. Und natürlich nutzten die vier Freunde die Gelegenheit, um miteinander viel Spaß zu haben. Sie sangen gemeinsam die galaktische Ballade vom Mann im Mond, und Svetlana schaukelte dabei auf Busups Rüssel. Manchmal ließ Horizontal ein paar Freudenschimmer tanzen, oder sie spielten gemeinsam "Sternchen, ärgere dich nicht".
Kurz und gut: Es war wunderschön.

Для сирот в России наступили хорошие времена. Нужда ушла. Но и не только это, произошло самое главное: Они чувствовали себя не так одиноко.

Горизонталь и Вертикаль навестили все другие детские дома страны. Они рассказывали истории и дарили подарки. И людям, с которыми они встречались, становилось тепло на сердце. Раз в неделю Светлана ездила в Москву к Бусупу. Там, в зоопарке, она рассказывала посетителям и журналистам о своей работе. И, конечно, четверо друзей использовали любую возможность, чтобы повидаться друг с другом. Они пели галактическую балладу о человеке на луне, и Светлана качалась при этом на хоботе Бусупа. Иногда Горизонталь пускал танцевать звёздочек радости, или они все вместе играли "Звёздочка, не сердись".

Короче говоря: Им было очень хорошо.

Als sie wieder einmal zusammensaßen, fiel Vertikal etwas ein. "Svetlana, du wolltest mich doch deine Schrift lehren", sagte sie. Svetlana sprang eifrig auf. "Das stimmt", rief sie aus, "das machen wir jetzt!" Mit einem langen Stock kratzte sie das kyrillische Alphabet in den Schnee. Da fuhr Vertikal ihre blaue Planetenfunk-Antenne aus und zeichnete damit das lateinische ABC. Und das sah dann so aus:

Однажды, когда они снова собрались, Вертикаль вспомнила об обещании Светланы: "Ты хотела научить меня твоим буквам." Светлана быстро вскочила. "Конечно! – сказала она. – Давай начинать!" Длинной палкой она начертила на снегу кириллицу. Тут же Вертикаль выдвинула свою голубую радиоантенну и начертила латинский алфавит ABC. И всё это выглядело так:

So vergingen viele glückliche Tage. Bis Horizontal
eines Morgens sagte: "Es tut mir so leid. Aber wir
müssen bald zurück auf den kornblumenblauen
Planeten." Einen Moment lang war es ganz still.
Svetlana war vor Schreck erstarrt. Busup sah Vertikal
an, und Vertikal wurde ein ganz kleines bisschen lila.
Dann sagte sie zu Horizontal: "Ich kann nicht."
Horizontals Antennen bogen sich fragend zur Seite.
"Warum nicht?", fragte er. Vertikal war inzwischen in ein
verräterisches Violett getaucht. "Weil hier noch so viel
zu tun ist", sagte sie dann leise, "und weil ich mich
in Busup verliebt habe!"
"Das ist toll!", schrie Svetlana begeistert.
"Das ist wunderbar!", trompetete Busup
glücklich.
"Das ist schade", sagte Horizontal trau-
rig. Kein einziges Lämpchen blinkerte
mehr an ihm. Doch dann sah er
Vertikal liebevoll an. "Aber
ich verstehe dich.
Und ich wünsche
dir ganz viel
Glück!" Und
so genossen
die Freunde
die ihnen noch
verbleibende
Zeit.

Так прошло много прекрасных дней. И вот однажды Горизонталь сказал: "Очень жаль, но мы должны скоро возвращаться на нашу планету василькового цвета." На одно мгновенье всё стихло. Светлана застыла от ужаса. Бусуп посмотрел на Вертикаль. Вертикаль стала чуть–чуть сиреневого цвета. Тогда она обратилась к Горизонталю: "Я не могу." Антенны Горизонталя вопросительно повернулись в её сторону. "Почему?" Между тем Вертикаль полностью покрылась сиреневым цветом. "Так как здесь ещё так много дел. – тихо проговорила она. – И потому что я влюблена в Бусупа!"
"Вот здорово!" – закричала Светлана. "Прекрасно!" – протрубил счастливо Бусуп. "Жаль!" – печально сказал Горизонталь. Все его лампочки погасли. Затем он нежно посмотрел на Вертикаль. "Но я хорошо понимаю тебя. И желаю тебе большого счастья!" Всё оставшееся время друзья провели вместе.

Schließlich kam der Tag von Horizontals Abreise. Viele Leute waren in den Zoo gekommen, um ihm auf Wiedersehen zu sagen. Auch der Bürgermeister von Torshok war da. In seinen blauen Stiefeln hielt er eine Abschiedsrede. Er sagte: "Wir sind sehr dankbar, dass ihr uns geholfen habt. Noch dankbarer sind wir aber, weil ihr uns gezeigt habt, dass wir Freunde haben. Freunde, die Dinge bewegt haben, die wir nicht für möglich gehalten haben."

Da mussten alle, die da waren, weinen. So gerührt waren sie. "Eins noch", sagte der Bürgermeister und schniefte, "Busup und Vertikal sollen ab heute die Eltern aller Waisenkinder sein. Denn kein Kind in Russland soll je mehr allein sein!" Da hellten sich die Mienen auf, und die Leute begannen zu klatschen.

Наконец наступил день отъезда. Много людей пришло в зоопарк проводить Горизонталя. Среди них был и мэр Торжка. В своих сапогах голубого цвета он произнёс прощальную речь: "Мы вам очень благодарны за вашу помощь. Но ещё большие слова благодарности мы говорим вам за то, что вы стали нашими друзьями. Такими друзьями, которые смогли сдвинуть с места то, что до сих пор было невозможно сдвинуть."

Все, стоящие вокруг него, заплакали. Настолько растрогала их его речь. "И ещё. – сказал мэр города и тяжело вздохнул. – С сегодняшнего дня у всех сирот есть родители. Это Бусуп и Вертикаль. И теперь ни один ребёнок в России не будет одиноким!" Все заулыбались и начали аплодировать.

Alle winkten Horizontal nach, bis er nur noch als winzigkleiner Punkt am Himmel zu sehen war und schließlich ganz verschwand. Svetlana hatte sich die ganze Zeit an Busup gekuschelt. Jetzt gab er ihr mit seinem Rüssel einen dicken Kuss. "Weißt du noch, wie ich gesagt habe, Rüsselküsse bringen Glück", fragte er Svetlana. Die nickte. "Also", sagte der alte Elefant, "vergiss das nie ..."
In diesem Moment ging ein Ruck durch Svetlana. Sie wurde unsanft gegen den Vordersitz geworfen. - Den Vordersitz? Sie öffnete die Augen und sah das prächtige Eingangsportal des Zoos. Oh nein, sie hatte geschlafen - und hatte das alles nur geträumt!
Da spürte sie, dass sie etwas in der Hand hielt. Es war ein kleines durchsichtiges Tütchen mit glitzernden blauen Krümeln darin. Svetlana musste lächeln. "Sternenstaub ....", flüsterte sie leise. Und als sie ihre rote Mütze aufsetzte und mit den anderen Kindern aus dem Bus stieg, war sie gespannt, was heute passieren würde.

Все махали улетавшему Горизонталю до тех пор, пока он не превратился в маленькую точку, а затем совсем исчез. Всё это время Светлана стояла около Бусупа, нежно прижавшись к нему. Он поднес хобот к её щеке и крепко поцеловал её. "Ты помнишь, я сказал тебе когда–то – поцелуй слона приносит счастье!" – спросил он Светлану. Та кивнула головой. "Никогда не забывай это . . ." – сказал старый слон.
В этот самый момент кто–то толкнул Светлану. Она упала на переднее сидение. Переднее сидение? Она открыла глаза и увидела красивые ворота зоопарка.
Неужели она спала и всё это ей только приснилось!
Тут она почувствовала что–то в руке. Это был маленький прозрачный пакет с блестящими голубыми крошками. Светлана засмеялась. "Звёздная пыль . . .", прошептала она совсем тихо. Она одела свою красную шапку. И выходя с другими детьми из автобуса, она с любопытством подумала, что её сегодня ждёт.

Herausgeber:	Hilfswerk des Lionsclub Coesfeld e.V. Daruper Straße 15 D-48653 Coesfeld
Text:	Ina Bauckholt
Illustrationen:	Derek Pommer
Übersetzung:	Tamara Kuhn
Idee:	Friedrich Wolters und Hiltrud Möller-Eberth
Litho, Druck:	MKL Druck, Ostbevern
Papier:	ClaudiaStar
1. Auflage:	3.000, Mai 2000
©:	Hilfswerk des Lionsclub Coesfeld e.V. und die Autoren
ISBN:	3-00-006175-4

Ответственный за выпуск:	Благотворительная организация "Клуба львов" Косфельд ул. Дарупер Штрассе 15 48653 г. Косфельд
Текст:	Ина Баукхольт
Иллюстрации:	Дерек Поммер
Перевод:	Тамара Кун
Замысел:	Фридрих Вольтерс и Хильтруд Мёллер–Эберт
Издательство:	МКЛ Друк Остбеверн
Бумага:	КпаудияШтар
1 издание:	3.000, май 2000
©:	Благотворительная организация "Клуба львов" Косфельд и авторы
ISBN:	3-00-006175-4